註東坡先生詩

卷三十三

俍

[illegible]保同觀

乾隆丙午臘八日南豐傅作霖南
康謝啓昆江陰夏敬顏嘉興吳
嘉穀武平練彩同觀於南昌
使院

襄平甘運原暇臣元
三學士後亦平生之幸

乾隆戊戌送春日南康謝啓昆觀

盧氏莫瞻菉
昭陽黃騂同日觀

施註蘇詩

洞題名招本及司馬溫公手札黃石

蔡夫人墨蹟因記

吳郡顧氏

詩四十一首 起在兵部 盡禮部尚書

次韻穆父尚書侍祠郊丘瞻望天光退而相慶引滿醉吟

千章杞梓蔭雲天 漢貨殖傳木千章亦比千乘之家左傳杞梓皮革自楚往也 樗散誰收老鄭虔 杜子美送鄭虔貶[illegible]州司户詩 鄭公樗散鬢成絲 後堂稱也 衰 劉向說苑

□文□與上不驕者浮以之
前漢
逢萌傳解冠挂東都城明人
三世又丹軽宗稽繇
萬竈煙史記孫子傳使齊軍入魏地為十萬竈明日為五萬竈又明日為二
萬竈太息何人知帝力楚辭屈原九歌思夫君兮太息王充論衡
堯時百姓閑暇擊壤而歌於途曰日出而作日入而息耕田而食鑿井而飲堯何
於我歸来金帛看賴有韓退之城南聯句刈熟擔肩□

郊祀慶成詩

元祐七年

宴相屬[illegible]

進詩以賀蓋此詩也

帝出乘昌運 周易帝出乎震 天心子太平 志曰太平 文章三代繼 漢孝武紀贊曰號令章煥然可述後嗣得遵洪業有三代之風 制作七年成 尚書洛誥註周公七年成禮樂禮記成王幼弱周公踐天子之位以治天下朝諸侯於明堂制禮作樂頒度量而天下服七年致政於成王也 唐[illegible]樂 [illegible]

帝鄉文物[illegible]

一大祀天 辛[illegible]是歲 [illegible]冊 本之

隱元賓章值
注以禮六室並
月映
禮記外事以剛
其出為陽也事
掃地爾雅
圓丘泰壇祭天也方丘泰折祭地
地也禮記掃地而祭貴質也
寶奕垂
精晉天文志鈎陳口中一星曰天皇大帝
其神曰耀魄寶唐文粹李德裕武宗冊
文根金石而六
變魄寶昭臨
仰御圓蒼蓋環觀海嶽成
北流吞朔易毛詩北流活活此詩句
河順流也尚書平在朔
安國云北稱朔易
謂歲改易於北方
西極落欃槍西
志天槍左右銳長數

□閒齋字行考卷□

達句萌周易解天地解而雷雨作而百果草木皆甲坼解之

矣哉禮記季春之月生氣方盛陽氣發泄句者畢出萌者盡達可頌

德魯李絳傳安國佛祠欲使絳為之頌言大人與天地合德謂非文字所能書

若令可述是陛下義有分限因箴亦下情毛詩庭燎美宣王也因以

箴之民言知有酌禮記坊記上酌民言則下天上施帝謂本

無聲毛詩帝懷明德大聲以色不長夏上無臭無

本富國由崇年在

好生毛詩……好生之德……物……記

大學云致知在格物古人……論下歸仁……記秦天李

賈誼過秦論收天下兵聚之咸陽銷鋒鏑鑄以為金人十二蕭倪侍審詔天

鎮兵逆亡補謂之銷兵不化國安新政後漢王符傳化國之日舒

以長故其民閑暇而力有餘舒長者非人謂羲和安行乃君明民靜而力有餘也

臣反舊耕韓退之赴江陵詩云孤臣昔放逐還將請

留與野人賡毛詩清廟祀文王也廟肅雍顯相濟濟

見和西湖月[illegible]

謖謖松下風 陸機感冬賦風謖謖[illegible] 世說人謂李元禮謖謖[illegible]松下風

藹藹隴上雲 韓退之贈張祕書[illegible] 詩多態度藹藹春[illegible]

聊將竊比我 論語竊比於我老彭 不堪持寄君 本[illegible] 詩[illegible]

高祖問陶弘景山中何所有荅曰山中何所有嶺上多白雲只可自怡悅不堪持寄君

半生寓軒冕 管子先王制軒冕以文書[illegible]

一笑當琴[illegible]

尊良服飲文字[illegible]

四書[illegible]註[illegible]韓[illegible] 見[illegible]選[illegible]

詩序 事 富

悟語無[illegible]詩

鳳皇鳴矣于彼波朝陽詩傳云不[illegible]作虵

蚓紋月明委靜照文[illegible][illegible]立波而定心清得奇闇

杜子美詩心清聞妙香當呼玉澗手宋[illegible]云家有雷今甚[illegible]古玉澗

道人崔閑妙於雅聲當呼使彈一洗羯鼓昏羯鼓錄明皇酷不好琴[illegible]

聽琴未及畢叱琴者出曰逹召花奴將羯鼓來為我解穢請歌南

史記樂書舜作五絃之琴以歌南風猶作虞書渾[illegible]揚

[illegible]

度天□下與風輪共□

炭經地深二十億萬里下有金各二十億萬里下有水際八十□

雖六重前四是地輪第五水輪第六風輪

翠羽若知牛有□

義赤霄行孔雀未知牛有角渴飲寒泉抵觸赤霄玄圃須往來翠尾金華不辭辱

空缾何必井之眉

漢陳遵傳揚雄作酒客難法度士曰子猶缾矣

觀缾之居居井之眉□□處高臨深動常近危以上

□□接鳩鸞翼

劉□

嬰□蕭傳上詩□乃畫鉤鶯

□司馬停

□□氏詩□□書

[illegible]叉

和詩三

馬[illegible]如傳[illegible]居[illegible]栖
乩[illegible]山本名[illegible]

玉津園

承平苑囿雜耕桑文選潘安仁關中詩戊[illegible]承平六聖萬

民計慮長謂六祖太宗真宗[illegible]仁宗英宗神宗

水東流還舊派東坡云玉津分蔡[illegible]河上流復合于下

峙表連罔漢郊祀志甘泉泰畤紫[illegible]壇八觚宣通象八方

[illegible]花亂毛詩春日遲[illegible]詩[illegible]

[illegible]李邕登歷下古城詩[illegible]

籍田

竊脂方紀瑞左傳昭公十七年少皞[illegible]主也鳳鳥適至故紀於[illegible]鳥師而鳥名九扈為農正杜預曰桑扈竊脂也布穀未催耕杜羨馬行布穀處催春種魚沫依蘋渚莊子魚相[illegible]以沫相蝸、上綠楹杜牧之詩蝸涎畫[illegible]壁[illegible]一[illegible][illegible][illegible]夢[illegible]棲蓑笠去平生琴意急[illegible][illegible]人[illegible][illegible]身[illegible]帝川

歸而[illegible]情有[illegible]

高行以

述余以

相好為

一再行

頃年楊康功使高麗還奏乞立此

神廟于板橋僕嫌其地湫隘移書

使遷之文登因古廟而新之楊竟

不從不知定國何從見此書

稱道不已僕不能記其云

韻答之

[illegible]
耳臣知[illegible]
旨就賜金紫擢中書
終龍圖閣待制知揚
退之仙人也游戲於斯文楚辭遠游將從王喬而
戲論語天之未喪斯文也匡人其如予何談笑出奇偉後漢參傳卓
尒奇偉鼓舞南海神韓退之南海神廟碑云海於天地間為物最鉅
而南海神次最貴在北東西三神河伯之上號為祝融壤千三韓使後漢
東夷傳韓有三種
曰馬韓[illegible]
[illegible]色有錯[illegible]

人杜□首四角刀
魚長三尺背上□□強可以飾刀口鉤□□□□字
要使百賈奔東坡□板橋□商賈所聚我欲遷其廟下
數浮空羣東坡云謂登州海市移書竟不從漢劉歆傳移書
太常博士信非磊落人韓退之讀皇甫湜公安園池詩爾雅注蟲魚非磊落人
公胡以為拳拳禮記聞一善則拳拳拳拳服膺繫此□
雲傳燈錄南泉云汝道空中一片雲為復釘釘住為復藤纜著
□奏何異刻鵠痕□

沐浴啓聖僊…

趙德麟名令時…
見三十卷復次韻謝…
陳履常見和詩注先生…
德麟在幕府郡有西湖…
從其上至是官滿入京故…
東潁而湖迹乃陳李子來…
初可喜之句是時先生六求
會稽故云明年同泛越溪春
欲去德麟行爾後一歲乃
卧定其德[illegible]亦以公再薦擢
先録[illegible]
南[illegible]

南山…

次韻故人前韻

陳孝子奭歸⋯⋯言⋯⋯

騁新沐定非狂人莊子田子方篇孔子見老聃老聃新沐方將被髮而

乾慹然似非人酒清不醉休休暖神仙傳焦先冐於雪下氣息休

休如盛暑醉臥之邪睡穩如禪息息勻自笑塵勞餘

一念明年同泛越谿春

次韻王仲至喜雪御筵

元祐七年⋯⋯先生⋯⋯

□人盡見一軍喜氣銷睡起□

舟詩煙籠寒月水籠沙顧況洞庭橘歌洞庭波月連沙白未隹

騕褭杜子美槐葉冷淘詩願隨金騕褭走置錦屠蘇故殘鵲□

橫斜杜子美宣政退朝詩雪殘鳷鵲亦多時文選金波麗鳷鵲偶還□

內身如寄唐儀衛志衛凡朝會之仗二衛番上分為五仗一曰供奉仗二

曰親仗三曰勳仗四曰翊仗五曰散手仗每月以四十六人立內廊閤外號曰內仗

以左右金吾將軍□□□□□邪將□□□朝服呈帝步入□□□□□□跋

子帝樂□□寄多

之人有[illegible]熱子夜[illegible]一晉亭有神巫

季咸列子見之而心[illegible]令講經寬於坐被酒[illegible]問太尉[illegible]

對曰任重責夫憂心如醉強扶衰白拜君嘉文選嵇叔夜養生論

縱衰得白白從白得老杜子美詩生意甘衰白左傳襄公四年晉侯享魯穆叔歌鹿鳴

之三穆叔曰君所以嘉寡君也敢不拜嘉

僕所藏仇池石希代之寶也

卿以小詩借觀意在於奪

借然以此詩先之

海石來珠宮杜子美[illegible]煌煌珠宮物[illegible]

南部煙花記煬帝宮人畫長蛾司宮吏日供螺子黛號蛾綠螺坡[illegible]

間漢司馬相如傳哀二世賦登坡陁阪杜子美橋陵詩坡陁因厚地卻略

峻屏宛轉陵巒足白樂天雪堆庄詩覺是為宛轉青虵項連娟二

華頂楚辭姱脩眉以連娟漢外戚傳李夫人賦曰美連娟以脩嫮文選張平子

西京賦綴以二華山海經云太華之西有少華山空洞三茅腹晉周

顗傳王導指其腹曰[illegible]所[illegible]吾日空洞無物直諾句之[illegible]中第[illegible]

小華若[illegible]山在倉三山鳥[illegible]二

佩澥故
上土形如

山爲一曰岱輿
瀛洲五曰蓬萊張王司 京武清

神山巍巍列瀛洲瀛
方丈夾蓬萊而聳羅
部分勤嶠南使餽餉淮

東牧東坡云僕在揚州程德孺
嶺南解官還以此石見遺自得之喜

無寐孟子魯欲使樂正子爲政
孟子曰吾聞之喜而不寐與汝交不

瀆周易君子上交
不諂下交不瀆盛以高麗盆藉以

玉東坡云僕以高麗所餉大銅盆
又以登州海石如碎玉者附其

先五夜漢舊儀中黃門持

茅舍向山開

相逐風流貴公子晉樂廣傳天下者王樂為稱首

傳鍾會貴公子也竄謫武當谷唐地理志均當郡有武當

域志武當山一名仙室山山上有巖澗凡三十七所見山應已厭[illegible]

事奪所欲欲留嗟趙弱寧許負秦曲傳觀

慎勿許間道歸應深史記藺相如傳趙文王時和氏璧秦昭王

請以十五城易璧[illegible]秦以城[illegible]趙不許曲在趙[illegible]

[illegible]奇志[illegible]篇[illegible]而[illegible]寧詩以力[illegible]取下

美[illegible]請[illegible]乃曰
璧方[illegible][illegible]去使其
從晉懷璧從[illegible]
見戮於王而貪[illegible]璧習歸[illegible]
[illegible]毛曰臣洪

次天字韻一首贈岑巖起

岑巖起名象求梓州人元祐
四年為郎考功用蘇文定公
薦拜殿中侍御史文定執政
以嫌徙金部郎事徽宗
王郎終寶文閣待制第一
卷送岑著作詩亦巖起

一聲清蹕霧開天 周禮卿士大祭
屬夾道而蹕[illegible]

帝輦動稱警出殿則[illegible]
[illegible]

[illegible]文[illegible]瑩齒共行綽在前顧謂[illegible]

碑在後習山巖之揚之爛批在前爽回月色留壇[illegible]

下獨酌詩我歌月棄[illegible]縹緲松香泛蠟煙文選考靈[illegible]

賦忽縹緲以響像東坡云近制以椽燭松明易粃盆莫歎郎潛生白

髮後漢張衡傳尉尾眉而郎潛旬悅漢紀馮唐白首屈於郎署聖朝來

騫郵貳鳶肩唐書人傑去騫唐馬周傳岑文本曰馬君鳶肩火色騰上必速

次韻蔣頃安

道人幽夢 增

笙簫下月壇風泊京宮 三

伯乙爲余先驅兮辭氛埃而淸凉毛詩傳也執殳爲王前驅衹觀參乘破

朝寒漢司馬相如傳大人賦視融嚐而蹕御子虛賦陽子參乘孅阿爲御左傳

文公十八年齊懿公使閻職驂乘杜預曰驂乘陪乘也英姿連璧

多士杜子美丹青引英姿颯爽來酣[illegible]夏侯湛傳美姿容與潘岳友善

止同輿接茵京都謂之連璧毛詩濟濟多士文王以寧妙句

[illegible]韓退之制潭唱和[illegible]

[illegible]者詩邊事誠脩米[illegible]
能帥者孰謂頗牧在吾[illegible]
即拜邠寧節度使東坡
云時與叔新除熙河帥 路人莫作[illegible]
杜子美詩顧見北地傳
介子老儒不用尚書郎

凝祥池

似知金馬客 漢東方朔傳 待詔金馬門 時夢碧雞坊 漢王
褒奇方士言益州有金馬碧雞之寶可祭
祀致也宣帝使褒往祀焉杜子美詩時出
碧雞坊東 冰雪消殘[illegible]
坊西向草堂

立庄匠

兮假寒高匠仁與三韓侯 朝芸臻理心然浪郡武帝元封三年開古鮮國也設漢東夷傳韓有三種一曰辰韓二曰馬韓三曰弁辰馬韓北與樂浪接唐東夷傳高麗其君居平壤城漢樂浪郡也東坡云時高麗使在都下每至勝景輙畵畫以歸

和叔盎畫馬 三字

天驥德力俻 文選赭白馬賦天驥語驥不稱其力稱

馬外龍鱗中皇天不貴

[illegible]須九重真龍出
一洗萬古凡馬空十九[illegible]

驥馬十駕
亦及之矣何事籋雲風漢禮樂[illegible]
籋浮雲晻[illegible]

王晉卿示詩欲奪海石錢穆[illegible]

仲至蔣潁叔皆次韻穆至二公以

為不可許獨潁叔不然今月潁叔

見訪親覩此石之妙遂悔前語僕

以謂晉卿當可以[illegible]子[illegible]

以[illegible]

[illegible]家山縹緲在眉[illegible]

此一抹〔好[illegible]西京雜記文君[illegible]眉色[illegible]不加黛常如遠山[illegible]〕三錦繡

腸〔樊[illegible]李太白翰林集序太白弟令聞嘗目白曰兄心肝五藏皆錦繡耶〕蚤

歲藜莧腴〔韓退之詩三年國子師腸肚裹藜莧〕從教四壁[illegible]

〔漢司馬相如傳家徒四壁立〕未遣兩峰蹙吾今況[illegible]

義不忘樵牧逝將仇池石〔毛詩逝將[illegible]〕

[illegible]讀〔尚書岷山導江〕守子不[illegible]

元上並呈康七

許相憲尉為廣州刺史詢達見莫進辭以病歸

我[illegible]峰。他日来不速也人来故[illegible]吉[illegible]三

欲以石易畫晉帰難之穆父欲爇

取二物顛叔欲焚畫碎石乃復之

前韻并解二詩之意

春冰無眞堅周易履霜堅冰至象堅冰陰始凝也馴[illegible]

霜葉失故綠[illegible]堅冰

有聯請指示許見此詩前篇故人言

韓退之石鼎聯句序道士軒轅彌喜劉師服傳唱二子思竭不能續

曰尊師非人也某伏矣一篇獨異論三占從兩

三人占則從二人之言君家畫可數天驥紛相逐

見前詩注風鬖掠原野柳子厚龍城録寧王善畫馬六馬滾塵圖明皇

异[illegible]交[illegible]花驄謂無此悲不[illegible]霧鬣信偉如[illegible]尼[illegible]月谷君

如許[illegible]易是亦人所欲

劉

[illegible]曰予動吾天機[illegible]而不知其所以然

德頌云二豪在側焉猶蜾蠃之與嘗醉也與俗人相忤其人攘袂奮臂

徐曰雞肋不足以安尊拳

先生一捧腹

史記日者馬季主捧[illegible]

笑

明鏡既無臺

傳燈錄神秀云心如明[illegible]臺六祖云明鏡亦無臺

淨瓶何用蹙

傳燈錄百丈令靈祐往潙山華[illegible]云某甲忝居上首百丈

云[illegible]下得一語當與汝住[illegible][illegible]淨瓶潙[illegible]云不可喚作[illegible]也[illegible][illegible]踢倒

淨瓶百丈[illegible]云[illegible]山[illegible][illegible][illegible]了[illegible][illegible][illegible]忘

[illegible]

碎

斂之女語旨乎室如掌……解……尊

物出物楞嚴經若能轉物即同如来故以求焉維摩既

復捨天女還相遂維摩經維摩詰室有一天女見諸大人聞所說

法便現其身即以天花散諸菩薩大弟子上授之無盡燈維摩經

摩詰為魔女言諸姉有法門名無盡等當學無盡燈無盡燈者譬如一燈然千百

者皆以明明終無盡照此久幽谷定心無一

祖偈本来無一物何處惹塵埃法樂

態卧雲行歸休陶[illegible]吾生行[illegible]

遠韓退之上都統相公詩畫管[illegible]年杜子美詩揔角草書又神速

晉卿捋種常有此志

生日蒙劉景文以古畫松鶴為壽[illegible]

且貺佳篇次韻為謝

問[illegible]間寧有千里[illegible]心[illegible]松遠

書[illegible]生朝[illegible]壽[illegible]

既[illegible]神[illegible]司

言

似鉛[illegible]叟[illegible]和[illegible] 晉[illegible]令[illegible]九[illegible]有九

書改[illegible]有奇趣逸想寄幽致 陶淵[illegible]和胡 西[illegible]詩逸想

不可攀得 狂獨長悲 霜枝謝寒暑雲鄗無前卻 漢劉 向傳

猶卻行而求 及前人也 何須楷明堂 白樂天松詩[illegible] 身護其所為

楷明 堂 未羨巢阿閣 軒后本紀鳳集東 園梧桐又巢阿閣

別時語復作數日惡 晉王羲之傳 謂曰中年[illegible]

哀樂與親友別 [illegible]作數日惡 詩映[illegible]

無起無滅無去来今
嘗過樊噲噲曰大王乃肯臨臣
信出門笑曰生乃與噲等為伍
志
晉羊祜嘗造峴山置酒謂從事
各
曰自有宇宙便有此山由來賢達勝
登此遠望如我與卿者多矣皆湮沒無聞
使人悲傷湛曰公令問令望必與此山俱
傳至若湛輩乃
豈待相顧言
毛詩願言則嚏
之方為
當如公言耳
不朽
左傳襄公二十四年范宣子曰太
上有立德其次有立言雖久不廢
以之
謂千雲七
以又
王逸
子
與
哉之
耳

甚宜□日秋居 絳賜□辛

師□日香三吾 松赤松子也 所徐寧去宗也 言衛寺

程德孺惠海中柏石兼得佳篇輒

復和謝

程德孺名之元持節嶺南惠此石故皆用嶺南事德時為主客郎中

嵐薰瘴染却敷腴杜子美遣懷詩壯藻思得我意

飲貪泉獨繼吳晉吳隱之泉曰

[illegible]軍還載之一車時[illegible]人以為南土珍寶

記撻簶國海中珊瑚生於水底[illegible]大船鐵網取之名其所為珊瑚洲

嶺三年別南越志南越以五嶠為限東曰大庾收得曹[illegible]

滴無傳燈録僧問雲門如何是曹谿一滴水荅曰是曹溪一滴水但[illegible]

庭前雙栢石傳燈録趙州從諗禪師凡有僧入室但指庭前栢樹云庭

前栢樹子下[illegible]臨滄識方壺拾遺記海中有三山其形如壺方丈

曰方壺蓬萊曰壺瀛洲曰瀛壺

[illegible]六卷

帝城如海似[illegible]

篇孔子休乎杏[illegible]上[illegible]款剝啄 琴奏曲未半漁[illegible]紅[illegible]本

容膝[illegible] 韓愈剝啄行剝剝啄啄有客至 門陶淵明歸去來辭倚南牕以寄

傲審容膝 之易安 巍峩笑我切雲冠 楚辭屈原九 章冠切雲之

崔 巍 問羊獨怪初平在 神仙傳黃初平家使 牧羊至金華石室中

四十餘年不復念家其兄尋索見牧 之問羊何在叱山下白石俱成羊

同德曜看 後漢梁鴻傳牧豕於上林 娶同縣孟氏女字之曰

光 肯把參同較同異 神仙傳[illegible]

葉少□□□□□事云姚□王□

本京師冨人王氏子去事建隆觀一道士

因取道藏徧讀或能成□多得其方術丹藥作詩□

放浪奇譎語故能成其說沈淮南變易姓名從復其姓

名為王繹又易名元試力詆朽靈素為其毒死

浮生知幾何左傳襄公卅一年老伯曰人生幾何誰能無偷僅孰

一釜羹邪秫餅□謂□文選盧子諒贈□□□□□月□

仰晉王羲之俯之間以為

繞□安□□曲　□姚上
原行笑言□□曲　問

衛綰傳忘□偶亦久　陶淵明飲酒
實無他腸　任御□車下□□自

此生
懸知當去客
陶淵明擬詩身為逆
旅舍我如當去客
中有

不亡存
莊子田子方篇
吾有不亡者存
但恐宿緣重
韓退
之峯

山女詩仙梯
難攀俗緣重
每為習氣昏
楞嚴經陸那微
細識習氣成□

流
似聞梅子真近在吳市門
漢梅福□
子真□

尉一朝棄妻子去九江至今傳以□
後人有見於會稽者變姓名於吳

云
未能肩柏洪
文選郭□□□
挹□

傳一旦扣門不以[illegible]亡為辭獨季心劇孟[illegible]
不為臣不見段干木踰垣而避之泄柳閉門而不納且令[illegible]
魯仲連傳平原君曰勝請為紹介郭璞曰紹介相佐助者徐以方[illegible]
維摩經維摩詰以方便現身有疾廣為說法法華經以方便力柔伏其心不與[illegible]
劉更生黃金鑄尚方漢楚元王傳向字子政本名更生淮南有
枕中鴻寶書言神仙使鬼物為金之術更生得之以為奇獻之言黃金可成上令典
尚方鑄作事方[illegible]不驗乃下吏[illegible]字[illegible]次[illegible]身
陽酉陽[illegible]善心[illegible]之[illegible]

籍金畢……本杜甲　所隗

悉驗王烈亦何人赤衣不可豈獲見　目

遂飡石髓香神仙傳王烈柔藥太行山破石裂中有青泥流出如髓烈取泥丸之如粳飯烈食數丸因携少許與嵇康取而視之已成青石及再往斷山已合棲仙經仙山五百年一開其中石髓出得而服之壽與天地畢嵇康字叔夜

至道尚聽瑩莊子齊物論黃帝之所聽瑩也而丘也何足以知之

材終蹶張漢申屠嘉傳以材官蹶張從高帝擊項籍先

笑幅巾登我堂後漢符融傳

也□寶蓬萊在何許萊山□□□

此清風欲歸去文選謝玄暉
晚登三山詩佳期在何許弱水□

續仙傳謝自然曰每登玉霄峯即見
蓬萊亦應不遠於是入海遇一道士□

曰蓬萊隔弱水此去
三萬里非飛仙莫到且當從嵇阮聊復□

山王南史顏延年傳作五君詠以泚竹
林七賢山濤王戎以貴顯被黜達

人友四海方傳昭公七年臧孫紇有言曰
聖人有明德者不當世其後必

有達人漢賈誼傳達人大觀物
不可論語四海之□□兄弟

一疆上□蓋
廷不可
詒若

誚兒[illegible] 秋譚吹老[illegible]

人輕手壹老附雙[illegible]聽甚彼[illegible]手 而效我以巧吾是以鷩[illegible]之詩

雷電魚鼈 鷩夜光

次韻秦少游王仲至元日立春三

首

省事天公厭兩回晉荀勗傳省官不如省事新年[illegible]

併相催殷勤更下山陰雪晉王徽之陰夜雪

憶戴逵便乘[illegible]興詣之要與梅花[illegible]

願渠無過亦無功明年

觚稜一夢中 文選班孟堅西都賦之鳳闕上觚稜而棲金

詞鋒雖作楚騷寒 庾信象賦悠誦詞烽專擣談柄德

同漢詔寬 續漢禮儀志立春之日下寬詔書後漢侯霸傳每春下寬大之詔奉四時之令皆霸所建也 好逞秦郎供帖子盡驅春色入毫端 東坡云立春日翰林學士供詩帖子

上元侍飲樓上三首呈同

澹月[illegible]漢

卓仙[illegible]衍[illegible]偃

夢仙女令改[illegible]二句[illegible]風[illegible]下賈至早朝大明宮詩衣冠身惹御爐[illegible]

杜子美集侍臣鵠立通明觀曹子建[illegible]皇[illegible]行臣者文奏後漢書

紹傳整勤士馬瞻望鵠立集異記山立卿新宮銘仙翁鵠立道師氷潔玉欽若㵎踵

保德傳建隆初真君降于盩厔民張守真室一日守真朝玉皇觀其額曰通明殿

真未喻其誼真君告曰殿之光明照於身身之光明照於金殿光明通徹無

照故爲一朵紅雲捧玉皇通明

薄雪初銷野未耕賣薪

老病行穿萬馬群九衢人

微之詩歸騎紛紛滿九衢劉禹錫送張盥詩引聯袂齊鑣亘絕九衢

蓋殘燈在白樂天雪夜詩殘燈明復滅猶有傳柑

君東坡云侍飲樓上則貴戚爭以黃柑近臣謂之傳柑聽攜以歸蓋其事也

東方朔傳歸遺細君又何仁也

送蔣頴叔帥熙河并引

蔣頴叔名之奇事見二卷次韻蔣發運詩注

戶部侍郎知熙州

不西少魚其議以者直講只向

予不令朝廷知其詐嚣之
頴叔以務少守備謹斥堠帑

若疑至終頴叔去不敢訟詔
聖聞章子厚秉政吾為中書

舍人知開封除翰林學士出
守汝慶徽宗擢為知樞密

院除觀文殿學士知杭州以
與議棄河湟奪官謫既卒

嘗陳紹述之
言盡復之

頴叔出使臨洮與穆父仲至同餞

詩一篇以今我來思為韻[illegible]

（師古宿久留也）論將不及我我若[illegible]

（其地深入）遂緩帶我亦可（晉羊祜傳祜軍輕裘緩帶）

正須君（漢嚴助傳上賜助書曰制猒承明之廬勞侍從之事）文字

藻火（尚書藻火粉米黼黻絺繡以五采彰施于五色作服）句薦雖云

數留行終不果（孟子有欲為王留行者坐而言不應）正坐喜

論兵臨老付邊瑣（漢丙吉傳虜入雲中代郡吉召東曹案邊長吏）

撰科條（其人）新詩出談笑（文選嵇叔夜琴賦臨清流賦新詩）[illegible]

[illegible]記[illegible]其學[illegible]

□差事　我欲□　□勞還任
婀娜毛詩昔我往矣楊柳依依今我來思雨雪霏霏白□□天清□婀娜樓詩□柳煙
婀娜蒼茫雪霏微邊風事首虜漢衛青傳至不能城斬首虜數百行
得蓋幺麼漢班固敘傳幺麼尚不及數子顧為魯連書一
射聊城笥史記魯仲連傳齊田單攻聊城不下仲連為書約之矢以射城
中遺燕將燕將見書泣三日乃自殺聊亂田單遂屠聊城庾信北園射詩轉
調笥說文笥箭莖也陰功在不殺漢于定國□多陰德□
而不結草酬魏顆左傳宣□

用先人之治
命余是以報

再送二首

使君九萬擊鵬鵾莊子逍遙游北冥其名為鯤化而為鳥名為鵬鵬之徙於南冥也水擊三千里搏扶搖羊角而上者九萬里肯為門
關一斷魂王維陽關圖詩勸君更盡一杯酒西出陽關無故人不用
寬心九千里安西都護國西門唐地理志安西大都護府初治西州白[illegible]天[illegible]宗伎歌平[illegible]時安西萬里疆今[illegible]邊[illegible][illegible]鳳翔[illegible]云開
逵門以[illegible][illegible]張云[illegible]千口示[illegible]氏[illegible]為[illegible]

餘刃西屠會橫海

玄虛海賦其魚則橫海之鯨 應予言讖是游還 詩[illegible] 游龜歸不得東坡先有詩與頴叔云須知羨虜是游龜故申言之而曰詩讖也漢賈誼傳讖言其度注云讖驗也有徵驗之書也

歸來趂別陶弘景看挂衣冠神武門 南史陶弘景傳脫朝服挂神武門上表辭祿

次韻頴叔觀燈

安西老守是禪僧到處應然無盡

法門名無盡燈譬如一燈然百千燈明者皆明明[illegible]

何時不用防秋更打氷調河[illegible]

防秋振旅歸來還侍宴毛詩鼉鼓淵闐闐文選有[illegible]

侍讌樂游苑送張徐州應詔詩十分宣勸恐難勝

次韻王晉卿奉詔押高麗燕射

北苑傳呼陛楯郎史記滑稽傳優旃見天雨而陛楯者沾寒臨[illegible]呼曰陛楯郎汝雖長何益幸雨立我雖[illegible]幸休居於是始皇使陛楯者得半相代蕭望之傳王仲翁出入傳呼甚寵[illegible]東[illegible]識[illegible]

令[illegible]家[illegible]香[illegible]

[illegible]尾虜氣懾皆降單于[illegible]將
山壯士長歌入漢關海國何勞一葦航毛詩誰謂河廣一葦航之
宣勸不辭金盌側醉歸爭看玉鞭長錦囊
詩草勤收拾唐李賀傳每旦出從小奚奴背古錦囊遇所得投囊中未
嘗先立題然後為詩韓退之送高閑上人序委靡潰敗不可收拾莫遣遊
林得夜光唐白居易傳最工詩當時士爭傳雞林行賈售其國相
易一金漢鄒陽傳明月之珠夜光之璧
次韻錢穆父王

其擲[illegible]
土賦以報城曰[illegible]

答詩筒近所未見也[illegible]
以最歲二月十八日[illegible]

封田曹賞梅倡和猶當[illegible]
戶部尚書時也後止有次

穆父馬上寄蔣穎叔二絕[illegible]
東坡出帥定武和送別一詩

爾響本詩筒顧未見之豈倡
酬猶有遺逸耶坡公之語下

應虛
發也

寒廳不知春

韓退之答張徹詩勸乘[illegible]
語勿懼無安時柳[illegible]

州不遇爲陽倡一首
衣春[illegible]蕎下處

山之…韓退之
祖墓誌玉雪可憐
直
明發史記秦始皇紀…陽
毛詩明發不寐有懷二人
忽屛
戶曉未受煙雨浸浮光風宛轉楚辭招魂
章光風…
蕙汎
崇蘭
照影水方折淮南子水圓折者
有珠方折者有玉
鬢霜
未易掃杜牧之醉題詩金鑷洗霜鬢杜子
美丈人山詩掃除白髮黃精在
眉斧眞白伐文選枚叔七發皓齒
蛾眉命曰伐性之斧
惟當
花前醉臥黃昏月林逋梅花詩疎影
水清淺暗香浮
…昏龍城錄隋開皇中趙師雄遷…
…寒日暮月色微明醉…

李友諒字

士紹聖初右正

元祐以來刑賞失當

當衡替因與蘇軾厚

為之掩

匿云

居杭積五歲自意本杭人故山歸無家 子

羨陪鄭八丈飲詩 此身那得更無家 欲卜西湖鄰良田不難 任昉

買靜士誰當親髯張既超然 漢班固叙傳 超然遠覽淵

絲深 識 老潛亦絕倫 漢匡衡傳才智 有餘經學絕 卒求

身晉畢卓云船中便足了一

云在杭取西湖葑田為之湖中以長堤杭人名之蘇公堤論語何必改作

行開新幽夢隨子去柳子厚詩月寒空松皆疇幽夢綵雲生

花落衣巾劉楷虛寄閨房詩深路入古寺亂花隨暮春紛紛對寂寞往往落衣巾

次韻吳傳正枯木歌吳傳正名安詩父充相宗傳正元祐中為古劉器之同攻蔡確左史攝[illegible]

天公水墨自奇絶陶[illegible]岑參逸山[illegible]

瘦竹枯松寫殘月白樂天大林寺多清流蒼石短松

夢回踈影在東牕杜子美宿贊公土室詩松門耿踈影

霜枝達夜發卓異記天授二年十二月天幸上苑遣使宣詔曰明朝游上苑火急報春知花須連夜發莫待曉風吹凌晨名花瑞草布苑而開生京

變壞一彈指楞嚴經度百千劫僧如彈指乃知造物初

無物古來畫師非俗[illegible]王維詩[illegible]代[illegible]詞[illegible]身[illegible]書[illegible]

妙處實與詩[illegible]知

龍泓飛霹齋貌六齋王　一

霹靂若雖不作丹青手主詩□陽無限丹青□言

亦自工識接龍眠胸中有千駟孟子齊公有馬

駟不獨畫肉兼畫骨但當與作少陵詩述

自與君枯禿筆杜子美丹青引幹惟畫肉不畫骨又韋偃畫馬歌

枯禿筆掃驊騮欻見騏驎出東壁東南山水相招呼白

司洛中詩招呼新官侶掃掠舊池臺萬象入我摩尼珠

望賦萬象起滅森來貺子圓□淨塵尼寶珠映於五□

送[illegible]

黃師是第歷樞屬守東常平提點梓[illegible]獄京東河北轉運[illegible]子厚之甥子由官陳由是女皆為子由婦哲宗欲召用兩林希用是沮之終寶文閣待制知定州贈龍圖閣直學士孫緫跋此詩云先生侍兒嘗聞朝之諸公遷擢不次時獨黃師是皆為[illegible]刑今提刑河[illegible]生六[illegible]方[illegible]美[illegible]故[illegible]

世人無此丁難邦得[illegible]　我來

王孫漢韓信傳哀王孫而進食寧[illegible]家漢書[illegible]憲字[illegible]

度豈出次公門漢循吏黃霸字次公白首沈下吏綿

衣有公言哀哉吳越人久為江湖吞官[illegible]

倒帑廪韓退之答竇存亮書倒廪傾囷羅列而進之飽不及黎

元近聞海上港漸出水底村頋君五斗

後漢廉范傳為蜀郡太守民便之歌曰平生無襦今五袴招此上

漢項籍傳今歲飢民貧一

卒食半菽楚詞有招[illegible]

安知獄吏之貴也會稽入吾手錢[illegible]請越

比我東来時無復瘡痍存後漢[illegible]元元孫[illegible]過半矣

送范中濟經略侍郎分韻賦詩得[illegible]

先字且贈以魚枕杯四馬箠一以

元戎十乘以先啓行為韻

范中濟名子奇五世祖[illegible]

相蜀因[illegible]字伯

始[illegible]河[illegible]陰[illegible]

戶部判官 [illegible] 達言
山蠻恃險出沒宜郡縣其後章子厚開五溪議由此
起歸判將作監使契丹虜沮撓之不為屈歷四路漕左司
司農卿由河陽守召權戶部侍郎元祐八年二月為集賢
殿脩撰知慶州伯純在仁宗時為副樞李元昊叛拜振
武節度使知延州又知永軍故云廟堂選世將范
多賢中濟在慶進寶文制廣儲蓄城柵嚴守
羌推誠待下人樂吏部侍郎

[illegible]

使後為戶部侍郎

梁李乂樂禍謂西夏二種族西夏姓李為李繼遷本朝賜為趙元昊承襲者姓趙其餘種族猶梁則其妻之黨也左傳莊公二十年王頹歌舞不倦樂禍也自焚豈非天左傳隱公四年大夫衆仲曰兵猶火也弗戢將自焚兩鼠鬬穴中一勝亦偶然史[illegible]趙奢[illegible]傳秦伐韓軍於閼與奢曰其道遠險狹譬猶兩鼠鬬於穴中將勇者勝謀沏

要百慮差後乃萬全漢[illegible]趙[illegible]傳[illegible]王之[illegible]共鳥全廟

選[illegible]將[illegible]記[illegible]猶[illegible]為[illegible]

二

被宿麥……安帝紀詔……傳……

人注宿麥也麥必經年而宿故一稱宿劉禹錫石城歌溫風吹宿麥綠浪才

秦川杜丁厚詩麥芒際天搖青波號令聲毛羽唐李衛號傳代

郭子儀之朔方也一號令之氣色乃益精明先聲落虛弦漢韓信傳

兵固有先聲而後實者戰國策更嬴與魏王處京臺之下有鴈從東方來虛發而之魏王曰射可至此乎更嬴曰此孽也未息而驚心未去聞弦音烈而高飛

隕也我家天一方文選蘇子卿詩良友遠離別各在天一

城西偏授竿圍障日杜牧之

馬鞭杜牧之張好好言[illegible]水犀杭歐陽文忠公送[illegible]君以荆州魚枕之蕉贈君以宣城[illegible]筆杜牧之送冀處士詩贈以蜀馬[illegible]胡裘

蜀一醉可以起韓退之送石處上[illegible]去事方急酒行可以[illegible]

母令祖生先晉劉琨傳與祖逖為友聞[illegible]逖被用曰吾枕戈待旦志梟逆虜嘗恐祖生先吾着鞭

書晁說之考牧圖後

我昔在田間漢李廣傳從人田間飲但知羊與牛[illegible]

平生苦[illegible]有詩[illegible]

閒覺紅雲運丹行岩[illegible]我[illegible]頭者[illegible]以海遊

鸗乘牛挂角上行且誦[illegible]書前有百年一聽我鞭聲一[illegible]

鼓鼙我鞭不妄發濟汲黯傳今又妄發矣神仙傳王方平齊參經

鞭之曰吾鞭亦不可妄得也視其後者而鞭之莊子達生篇善

養生者若牧羊視其後者而鞭之澤中草木長漢蘇武傳杖漢節牧

羊教使者謂單于言武等在某澤陶淵詩孟夏草木長杜子美武侯廟詩空山

木長草長病牛羊尋山跨坑谷騰趠[illegible]

煙蓑雨笠長林下文選嵇康[illegible]思長[illegible]

掉頭有如東風射馬耳悔不長作多[illegible]

呂與叔學士挽詞

呂與叔名大臨京兆藍[illegible]博學無所不通尤深於[illegible]二禮每欲掇拾三代遺文[illegible]制令今可行不為空言以排世駭俗嘗為論選舉其略曰古之長育人才者士衆多[illegible]樂今之主選舉者以多為患古以禮聘士常恐士之不至今以法待士常恐士之競進今入流之路不勝其多然為擇之[illegible]行名實[illegible]本[illegible]步[illegible]士[illegible]

學以……翔……

行監元祐[illegible]從[illegible]蕭生行義
脩飭文詞[illegible]雅[illegible]學博士
遷泌書省正字范內翰淳甫
乞以備勸講未及用而卒兄
大忠字進伯終寶文閣直學
士大防字微仲為左僕射兄
弟平居相切瑳論道考禮制
度冠昏喪祭一本於古關中
言禮學者
推呂氏

言中謀猷行中經 論語言中倫行中慮 關西人

清英 唐李揆傳門地人物文學皆為天下第[illegible]

語人曰吾不幸生此衰□□紫芝也嘗為魯山令天下高其□

魯山皮日休七愛元魯山詩所恨不相識援毫空漣洟

論議□

益友論語益者三友功名分付二難兄世說□方子長□季方子孝老各論其父功德爭之不决□於太丘太丘曰元方難為兄季方難為弟

老來尚有憂時歎此淚無從何處傾禮□孔子□遇舊館人之喪入而哭之遇一哀而出涕子貢曰無乃已重乎子曰予惡夫涕之無從也

飛仙亦偶然續仙傳蓬萊隔弱水三萬里非飛仙莫到捿巖絕衆生甦

固草木而不休息藥道圓成名飛行仙脫命瞬息中惟詩不

可擬如寫天日容唐太宗紀天日之表夢中哦七言

玉丹已入懷一語遭綽虐失身墮蓬萊

萊至今空謾短不養才韓退之記夢詩非步者哦七

字常語一字難我以指撮白玉丹行嚼行詰盤口前截斷第二句綽虐

不歡乃知仙人未賢聖謾□□故漢司馬相如傳文□

地仙快活見顧況高[illegible]詩[illegible]
祖受命造唐賦注

與蘇骪髏雪滿頭後漢趙壹傳伊[illegible]
上骪髏倚門邊[illegible]

夢微之詩我寄
人間雪滿頭雪滿頭終當却與丹

笑指東海乘桴浮論語道不行
乘桴浮于海

次韻王定國書丹元子寧極齋

仙人與吾輩寓迹同一塵韓退之誰詩下
視寓九州一塵

集毫端何爲五漿餽但[illegible]人莊子列禦
寇吾嘗

食於十漿[illegible]五漿先[illegible]舍
[illegible]

寧極[illegible]大兹[illegible]溪[illegible]字[illegible]

而待剗右身之道也七齋自隨身□郡識郗鑒唐紀聞譯

武威□□砉天寶五載過魏郡逆旅有客市藥砉知是道者即市醪薦之自言吾姓孟名期思居在恒山砉祈至山中遂約入山居五日孟先生曰今日盍謁老先生於是啓西室老先生據床砉謁拜焉砉在山四年見老先生出户不過五六度但端坐□心禪觀不食每出禪時即飲少藥汁砉孟叟老先生為誰叟取晉書郗鑒傳之曰欲識先生即鑒也

天不留封倫杜牧之題貞詩可太平後只且不留封德彝封倫字德彝

誤落甘[illegible]

[illegible]木賦人[illegible]

晉祁嘉傳年二十餘夜[illegible]祁孔賓隱去來脩飾人間甚苦得未毛銖所喪如山崖旦而逃去嘉字孔賓便欲隨子去

未絕麟左傳哀十四年春西狩獲麟曰仲尼傷周道之不興感嘉瑞無應故因魯春秋而脩中興之教絕筆於獲麟之一句所感而作故所以為終也

顧桂神虎冠南史陶弘景傳脫朝服挂神武門上表辭祿神虎門避唐諱改神武

任卜飲馬粼史記秦本紀德公卜居雍後子孫飲馬於河

王郎濯紈絅漢班固叙傳在於綺襦紈袴之間非其好也意與

陋巷觀[illegible]陋巷也[illegible]詩[illegible]

文選古詩……無及箏

身苦不足……

菜蓴羹鱸魚膾遂命駕而歸

王仲至侍郎見惠稺栝種之禮曹北垣下今百餘日矣蔚然有生意喜而作詩

翠栝東南美爾雅東南之美者會稽之竹箭近生神……

惜哉不可致霜根絡雲岑仙風振高……

實隕平林毛詩誕寘之平林偶值……

嶺稍出青玉鍼好事雖大耶……

豈無換鵞手晉王羲之傳山陰有……養鵞羲之往觀意甚悅云為寫道德經當舉羣相贈羲之欣然寫畢籠鵞而歸但知覔夫……

高……尚書故實王内史帖中有與蜀郡守書求來禽來禽言味甘來衆禽也

獨夫子一見捐橐金漢陸賈傳橐中裝直千金得之喜

不寐孟子吾聞之喜而不寐贈我意殊深杜子美病馬詩物微

意不淺公堂□後閣凡木栅葺䓁栽培一寸

根寄子□……常思……

義東莊子…西…撫 公詩句促…文龍…
文安…下

後寒芷蹟森森恨我追歸老不見欲千壽

左傳注八尺曰尋 蒼皮護玉骨 杜子美桃竹杖詩蒼波噴浸尺度足

斬根削皮如紫玉 旦莫視古今 莊子千歲而一遇大聖是猶旦暮遇

之也 何人風雨夜卧聽飢龍吟